나뭇잎 물고기

나뭇잎 물고기

노강 시집

문학나무

살아 있음의 징표에게

물의 정원에는 다양한 물새들이 부드럽게 유영하고 있다. 절로 떠다니는 듯 속도가 있다. 그들의 두 다리와 발의 유영을 느껴본다. 수천 번 수만 번 살아 있는 한 움직여야만 하는 살아 있음의 징표다.

오늘도 새벽이면 딸들이 분주하다. 씻고 먹고 화장하고 총총걸음으로 버스를 타고 전철을 탈 것이다. 우리 모두는 각자의 목적지를 향해 평생을 유영할 것이다. 쓰고 또 쓰면서 지우고 또 지우면서 미완성 시집의 결핍을 채우느라 나의 유영도 멈출 수가 없다.

이제, 드디어 첫 시집으로 나의 싱크로나이즈드스위밍이 그려져 가고 있다. 우리를 창조하신 분은 우리 모두가 행복하게 살아가길 바라신다. 이 시집을 읽어줄 독자들이 모두 더 행복해지길 기도하는 마음으로 나의 시를 떠나보낸다. 시들은 골방에서 오랜 세월을 숨어 있다 밖으로 나왔다. 아주 먼 곳까지 잘 가주길 바란다.

　떨리는 마음으로 사랑하는 가족과 친지들에게 『나뭇잎 물고기』를 바친다.

2021년 6월
우면산자락에서 노강

차례

생명

||

생활

자연

Ⅳ

가족

그림 6. 상 김 수진

I

생명

고사목

살점 다 파먹어 버린 생선
거꾸로 박혀 있다
바람이 그 사체를 오랫동안 핥고
새 한 마리 깃들이지 않는 저 오래된 뼈다귀
지리산 제석봉에 쓰러진 미라의 몸통을 더듬어 보
면

엇갈린 악수처럼 손에 잡히지 않는 고사목의 손,
가만히 나를 가리키는 저 쓸쓸함의 힘

뿌리와 단절된 나무 덮어주려고
구름이 산을 올라오면
바람이 가져온 수의 한 벌
입혀준다

늦털매미가 다녀가셨다

창밖 살구나무 등걸에 놓여 있는
빈 그릇 하나
저곳을 떠난 목숨은
어디쯤 가고 있을까

간절한 청혼이 빚어낸
다리 여섯 개 달린 그릇이
살구나무를 꼭 붙들고
여름내 울음을 담았던
저 투명한 그릇
기다림의 화석인가
속이 텅 빈 그릇,
가까이 다가가 손끝으로 살짝 두드려본다
누가 저리 깨끗하게 닦아 걸어놨나
아득한 고요가 한 공기 담겨 있다
한 생 그 누군가를 위해

울려고 떠난 빈 그릇

참 가볍고 깨끗하다

나뭇잎 물고기

냉이, 봄을 잃다

봄이 와도 봄이 아닌
봄의 학살을 아는가?

들판은 재개발로 시끄럽다
탐욕의 광기가 일렁이며
봄이 난도질을 당하고 있다

해마다 봄이 오면
바람의 옷 입고
풋풋한 얼굴 살며시 내밀어
바람 한줌 햇살 한줌 담던 냉이,
저 들녘을 방석처럼 옆으로 퍼지며
돌리고 돌리던 냉이
쌉쌀한 향기로 겨울잠을 깨웠지

올봄에는 작고 여린 초록 눈빛, 두려움에 떨며

바스락 소리에도 공포에 휩싸여 질려 있다

탐욕의 수많은 발자국에 짓이겨

어린 잎 이마에는 피멍이 터지고

푸른 멍 온몸에 번져

어둠 속으로 숨통이 막혔다

아가야

작고 어린 정인아~*

유난히 눈웃음이 사랑스러웠던 정인아

미안하다 미안하다

우리 모두~

냉이가 끔찍한 고통 속에서 떠나는 잔인한 봄이다

*정인이는 계모와 양부의 폭력에 목숨을 잃었다.

동침

죽음을 껴안고 뒤엉기던 오리털이불

새벽에 눈을 뜨면
손에 잡혔던 꿈 조각들이
천정 꽃무늬 사이에 붙어 있다

주인을 잃었던 목숨들
머리카락처럼 남은 흔적
깃털 한 점이
내 오른손을 잡고 있다

여명의 정적 속에
식은땀이 내 몸을 적시고
악몽으로 붙들고 있던 이불 속에는
산 목숨과 죽은 목숨이 서로 엉켜 있다

비몽사몽

나와 함께 천공을 떠돌던 시간들

눈뜨면 꿈은 가뭇없이 죽고

이불은 뒤뚱거리며 나를 덮고 가던 길에서

슬며시 빠져나온다

바다로 간 발자국

지글지글 타오는 황금색 일출

입 딱 벌려서

짙은 안개를 삼키고 있다

회백색 안개의 점령도 잠시

모래바람 휩쓸고 지나간 자리

가족으로 보이는 크고 작은 발자국들이

신발만 덩그러니 남긴 채 바다로 향해 있다

바다로 걸어 들어간 맨발의 저 흔적들

노란 금지선이 막아서는 주변은

온통 사이렌 소리와 경찰들의 분주함으로

파도와 섞여서 포말로 부서지고 있다

육지를 떠난 최초의 고래처럼

더는 갈 수 없던 삶의 질곡이 있어

익명의 발자국들은 바다로 간 것일까

모종의 사건 발생 순간을 드론처럼

촬영했을지도 모를 저어새 한 마리가

"에이 더러운 놈의 세상!" 하듯
물똥을 냅다 갈기며 날아가고 있다
깊이 모를 슬픔을 대신 울어주는 파도소리
곡비처럼 울음바람을 일으켜
갯바위의 뺨을 사정없이 철썩 내리친다
이름 모를 죽음 앞에 의미 없는 내 발자국
바다를 뒤로 하고 한 걸음 내딛는다

나뭇잎 물고기

벌침

화살이 명치에 박혔다
침은 절명의 화살이다
쏜 이의 명이 반드시 끊기는
명줄이 곧 주검의 뿌리다
침을 따라 딸려 나오는 그대의 명줄
놀라워라!
저 자결이 나를 일으키네
장전裝塡만 하던 창자들이 살아 꿈틀거리네
단 한 번의 벌침
그대에게 명중한다면
나는 죽어도 좋으리라
마지막 화살이요 죽음의 꼬리가 될지라도
내 안의 제어할 수 없는 분출구
기꺼이 절명의 화살을 날려줄 터
굳어 버린 그대에게 박히리라
생의 뿌리로 솟아오르는

봉분을 올리려니

저 밑바닥 속 뿌리

골골이 내 터에서 뽑아 올린

뜨겁고 아픈

운명처럼 달고 사는 내 침독鍼毒

톡 쏘는

詩!

나뭇잎 물고기

벚나무를 염하다

벚나무가 수의를 입은 채
염을 기다리고 있다

죽어서도 떠나지 못하고 서 있는 나무
가는 봄바람이 차다
벚꽃들을 두르고 있는 망자에게
바람이 염의를 벗겨준다

한 철 풍겨주던 향
남몰래 품었던 혼불
여기저기 염하는 소리
흩어졌던 바람이 되돌아와
벚나무에 달린 벚꽃들을 어루만져준다
곡비처럼 울고 있는 거다

상춘객들이 지나간 발자국 사이로

마른 수의가 툭툭 쌓여가고

꽃비와 함께 떠나는 봄

죽음은 또 다른 생명의 시작일 뿐이다

　　　　　　　　　　나뭇잎 물고기

사막으로 가고 있다

그녀는 맨발이다

그녀는 어린 비모란을 버렸고
사무실은 그녀를 버렸다
뽑혀 나간 그녀의 푸석한 머리카락
화장실 하수구가 막힐 때마다
건져 내던 그녀의 머리카락이다
튀어나온 뿌리 발가락 사이로
구직 문을 두드릴 적마다
웃음이 부서지고 다육질 몸체마저 무너지면
그녀가 마지막으로 기댈 곳은
자신의 아랫도리뿐이다
먹먹한 가슴에서 내려간 뿌리들의 들끓음
슬그머니 돌아앉아 사타구니에
시린 손을 뻗어 잡아 본다
살아 있는 것은 목이 마르다

마른 눈물 한 점의 물기
타는 가슴속 죽염이 달다
그녀, 제 몸을 마시면서

사막으로 가고 있다

소리 없음

한밤의 이 적막은 사색의 한낮일까

지하로 들어가 앉은 한 뼘의 집에서

땅 속으로 뻗은 가랑이 뿌리

까만 씨알 하나의 위력

죽을힘을 다해 발아하는 묵언수행

세상의 법칙으로는 규정되지 않는

보이지 않는 것의 거대한 힘이다

광야에서 견디는 홀로 온전한 고독 40일

주여 이 잔을 저에게서 치워 주소서

인고의 시간이 지나면 묵언피정의 침묵이 움터

봄 무수는 꽃대를 올려준다

밤사이 하얀 모세관으로 퍼올리는 무음의 시간들

뽑혀 나가는 순간 그의 삶은 소리 없음으로 마무리

한다

벌거벗은 부끄러움을 뒤로 하고

어둠을 벗으니

포동포동 엉덩이가 실하다

험한 세상에 푸른 피 수혈하듯

탐스럽게 펼쳐진 푸른 무청

이제는

절인 눈물의 일용할 양식으로 차곡차곡 채워질 시
간들

참 깨끗한 생

장대비 쏟아지고 천둥 번개 칠 때

모래에 쓸려 벗겨진 상처 툭툭 털고

나에게 온 위풍당당한 무

가슴속 속살 한 조각에 속내 얹어 꼬집어서

한 입 베어 물고

하얀 무수피를 꺼이꺼이 삼킨다

나뭇잎 물고기

성자가 된 바위

설악산 대청봉 산행 길
지친 몸으로 바위에 걸터앉았다
차갑고 단단하게 보였는데
햇살 다녀간 흔적인지
널따란 등위가 따습다
섬세한 주름과 매끄러운 결이 모여
억겁의 시간을 건너온 바위
그 속은
빈틈 하나 없이 꽉 찬 경전 같다

말없이 말 거는
바위의 침묵을 느껴본다
무관심과 착각 속에서 텅 빈 내 안에
따뜻한 온기가 스멀스멀 들어오는 것 같다
단단한 돌이 말랑말랑한 경전이라니
토닥토닥 품어주는 어머니의 품속처럼 포근하다

〈

바위는

무관심을 먹고 산다

켜켜이 쌓인 무게

제 몸을 조금씩 떼어내며

오직 비워내는 시간 속에서 성자가 된다는 걸

소리 없음의 강론이시다

주어진 시간 온몸을 끌어안고

무엇이든 받아 주고 있다

서로 말을 안 해도 마음이 통하는 침묵!

지치고 힘든 자 모두 나에게로 오라 하시는 것 같
다

나뭇잎 물고기

우포

어미의 배꼽을 보았네

일억 사천만 년의 양수가 출렁이는 배꼽

어느 하늘에서 떨어져 나온 탯줄인가

누가 저 탯줄을 잘라 한반도에 걸쳐 놓았나

저 수천의 생명들이 젖 빠는 소리와 파도치는 숨결

들

원시의 바람이 옷깃을 흔들어 돌아보니

가시연이 주름진 핏빛 입술 사이로

잘근잘근 씹어 가시연꽃 밀어 올리는 소리

떠도는 내 마음 나무 배 한 척에 싣고

배꼽 속에 들어갔다 나왔다 적시고

세상의 그리움을 차곡차곡 숨겨 놓은 듯

어미 가슴 안에 잠겨 있는 숨결

해치 구덕에서 물방울 튕기는 사이로

가물치가 꼬리를 흔들면

물 억새 사이로 풍덩 빠져 있는 태양

철새의 날개 위로

다시 불끈 치솟는 태양

그 누구도 범할 수 없는

내 어미의 고향 배꼽

나뭇잎 물고기

태반크림에 대한 소고

밤새 한 아이가 내 얼굴에 다녀갔다
모래처럼 흘러내리는 얼굴에
발이 빠지는 그 아이,
나 오래 전, 태반을 잃었지
태반을 두드리며 생각해

이 크림은 누구였을까
누가 떼어버린 두려움이었을까

사무실 앞 벤치에 떨어진 단풍
잘린 손, 던지며
쌓여가는 입술과 귀
잠에 취한 듯 누워 나를 보네
태반을 잃은 살점
피가 마르지 않은 손을 주워
깊숙이 더 깊숙이

지린내 풍기며

얼굴 속으로

떨어지는 아이

부드러운 살점 한 조각

모래 속으로

아장아장

걸어가고 있다

나뭇잎 물고기

하지마비, 그 아이

나이 7세, 성별 남아, 종 리트리버

교통사고로 하지마비가 왔다는 그 아이. 동물 공감 광고사진에 올라온 아련한 눈빛을 잊지 못해 밤잠 설치다가 전화기를 들었다.

그 아이 입양 문의 있나요. 왜요? 눈빛이 너무 가련해서 제가 입양될 때까지 봉사라도 하고 싶어서요. 목욕과 청소라도…… 아니요, 값싼 동정은 사절합니다. 데려다 키우세요. 입양신청자 없으면 안락사밖에―

아! 안 돼요. 오줌 똥 가리고 사료도 잘 먹고 돌보아 주면 얼마든지 살아갈 아이를― 말하는데 뚝! 전화를 끊어버린다.

살려달라는 그 아이의 눈망울. 눈이 마주치면 웃고 뒷다리로 엉덩이를 끌면서 졸졸 따라오고 기저귀 위에 있어 하면 기저귀 위로 가서 있던 아이. 보호소 담당자가 이런 말 하면서 본인도 힘들다고 안내 공고에 덧붙인 칭찬이라니,

눈빛으로 애원하는 눈물 고인 저 아이. 가족이 치료비 감당이 어렵다고 보호소 앞에 데려다 놓고 사라졌다니

마당이 있는 집이었다면 데려와서 제 명대로 살게 해주고 싶은데 부끄러운 변명을 하면서 인간과 같은 느낌과 사랑이 있는 그 아이 안부전화를 할 수 없는 나는 오늘도 유기견 동물 공감을 기웃거린다.

나뭇잎 물고기

향나무 봉분

잘생긴 향나무 아래 전지가위 하나
다리를 대자로 벌리고 누워 있다

닳고 닳아 날이 빠지고 가벼워져
고물상도 눈독을 들이지 않는 저 가위는
평생 동안 향나무 가지를 덜어낸 노역으로
이젠 숨죽여 숨고 싶은
서늘한 정적의 시간을 누리고 있다

그간 향나무 뿌리의 속사정은 아랑곳없이
귀밑머리를 싹둑싹둑 자르며
신명나게 날아다녔지만
서로 물리고 비벼댄 자국 부딪치고
밀고 당기고 서로 살을 덧내면서
서로가 아팠으리라

눈썹도 뽑혀 눈물 쏙 뺀 향나무,
언제부터인가 몸이 기우뚱해지면서
다리를 절기 시작했다
가위는 가지를 잘랐지만
향나무는 가지를 버리면서 세월을 잘랐던 것일까

향나무, 둥글둥글 아늑한 봉분이 되어
가위를 품고 있다.

나뭇잎 물고기

하얀 늪의 시간

대학병원 뒷마당 한쪽의 빈 약병들
금방 발사된 총알의 탄피처럼 쌓여 있다
칼이 베어낸 살점을 전리품으로
피에 절은 거즈들이 쌓여 가면
하루의 치열한 전투가 끝나고
영웅이 된 용사는 가운을 벗고 개선하고
누구도 저 약병들의 이름과
그의 주인을 기억할 수 없다

생과 사의 전투가 끝나면
부상병은 전투진지의 미로를 따라
지하 벙커로 기어서 간다
꺼저가는 목숨을 살리려는 자
삶의 진지를 지키려는 자
그들의 몸부림이 저리 쌓여 있다

오늘도 뜨거운 탄피가 몇 자루 실려 가고
그럴 때마다 비명이 멈추고
중환자실에서 진통제에 취한 생들
하얀 시트 아래로 가라앉는다
저 시트는 하얀 늪이다

참호 안에 숨어 다시 조준하는 심장
총이 총에게 발사하는 포탄 소리 들려오고
칼이 칼에게 휘둘러 선홍빛 피 젖으면

또다시, 꿈을 장전한다
그 누구도 어떤 전투에 투입되었는지 알려고 하지
않는
하얀 늪의 밤이 깊어가고 있다

4. 1. 25   김 수현 (MAILS)

21. 6. 20 김 수현 (maria)

Ⅱ
생활

길

걷다 보니 길이 되었고
오래된 길을 걷다보니
길들여진 길이 되었다

발바닥에서 통증이 온다는 건
발자국 찍힌 자리마다
붉은 피 낭자한
속울음이 들어앉아 있다는 것

길들여지기 위해서는
때론 꽃이 지는 비명이라는 걸
발자국 찍힌 자리마다 꽃 진 자리
색색의 피 낭자하다

무지개 색으로 핀 꽃들
황혼의 꽃구름이 눈부시다

나뭇잎 물고기

〈

끝이 없는 길

내가 걸어온 꽃길

꿈은 꽃피는 길에서 자랐다

경마가 끝난 뒤

모래판 경마가 끝난 뒤

휴지들의 경마가 시작된다

욕망의 찌꺼기들이 날뛰기 시작한다

관중 속에 구겨져 나뒹굴던 예상경마지

휴먼드림이 출발선에 엎드렸다

샛별세상이 총알처럼 뚫고 나간다

금산대왕이 소주병에 걸려 고꾸라진다

악다구니 휴지조각들의 함성

몇몇은 배를 까뒤집고 숨이 넘어간다

백지장 같은 하늘 경마는 끝났다

기세 좋던 휴지조각들

쓰레기통 속으로 우르르 끌려가 몸을 접고 눕는다

바람 빠진 풍선들 거리로 쓸려가고

주인 잃은 유성펜 하나

고요 속에 나뒹군다

나뭇잎 물고기

오늘의 우승자는

벤치를 차지하고 누운 노숙의 가랑잎이다.

거룻배 한 척의 만행萬行

온 몸을 끌고 왔을 길을 생각해 본다

긴 끈을 묶어 조여 넣었던 속도들
하루의 무게에 짓눌릴 때마다
조금씩 제 살을 깎아내며 헤쳐 왔겠지
솔기가 돋고 주름살투성이가 된
은둔자

이층 창문에서 내려다보이는
슬레이트 지붕 위 낡은 운동화 한 짝
긴 시간을 견딘 적요가 쟁여 있다
다른 한 짝을 잃어버리고
무위사無爲寺 바람처럼 가벼워진 신발
돌부리에 채이고 진흙탕 건너
온몸으로 끌고 왔을 길을 생각해 본다

바람도 한번 신어보고
낮달도 한번 신어보고
내 무용無用의 언어인 시도 신어본다

비 내린다
지붕 위에 거룻배 한 척 움찔거린다
만행을 시작하려나 보다

급! 상자를 찾습니다

가로 11, 세로 8.5, 높이 6센티미터
별 모양의 주근깨 도장이 찍혀 있는 상자를
찾습니다
상자 속에는 잃어버린 지 50년이 되어가는
보물이 들어 있습니다
천사들의 그림 속에나 볼 수 있고
하늘로 날아오르거나
꿈의 세계로 갈 수 있는 날개랍니다
제가 살아야 할 의미이고 꿈이었지요
그동안 꿈도 꾸지 못해 겨드랑이가 굳어가고
가슴이 강퍅해지고 있어서
급! 상자를 찾습니다
제 날개를 찾아주는 분에게 사례하겠습니다
상자가 돌아올 것이라는 기대로
택배 아저씨 발자국 소리에 가슴이 통탕거려요
특별한 디자인도 없이 소박하지만

별 무늬로 선명한 주근깨 도장~

누가 그 상자를 아시나요?

드럼통을 읽다

추울수록 배불리 먹어야
장작을 꾸역꾸역 집어삼키는 저 지독한 허기
톱밥 불씨를 붙이자
뼈다귀들, 캘시퍼*의 비명
마음 한 구석 어둠이 스러져가는 소리인가
침묵에 길들여졌던 간이역 사람들
드럼통 곁으로 모여든다
드럼통 안쪽은 제법 널찍하다
천불 튀는 장작을 따라 들어가 보면
못 자국 선명한 붉은 십자가와
가부좌 틀고 앉은 싯다르타 옆에
마더 데레사의 주름진 손등도 보인다
그들이 두런두런 말할 때마다
화르르 일어나는 꽃불
멀리 은빛 철길 위에서 기적이 울면
생의 바깥에서 추위를 녹이던 사람들

하나둘 불씨 건져 품고

남몰래 피우는 꽃불

드럼통의 심장은 저리도 뜨겁다

*캘시퍼: 불꽃마귀

도시의 밀어선

머구리배에 알전등 터지면
하나둘 뱃전에 오르는 발길들
출항에 맞추어 선장의 손놀림이 분주하다

선장 박씨, 숙련된 칼질에
슥슥, 파도의 흰 살점은 잘려나가고
이 기운찬 삼십 촉 백열등 아래에는
어떠한 삶의 그림자도 발붙이지 못하고

소주잔을 비울 때마다 포구는 멀어져
저 딱딱한 세상도 부드럽게 출렁거린다
박제된 표정을 물결에 내려놓고 불콰하다
그렇게 제 속을 비운 사람들
소라껍질처럼 자꾸 바람소리가 울리고

한번 웃고 울 때마다

붉은 껍데기 벗겨진 장어처럼

꿈틀꿈틀

수심을 알 수 없는 도심에서 멀어져 가는

포차 7호

못

산다는 건 서로에게 못을 박는 일이였다

소소한 못들을 박는 건 일상이었다
서로 못 박느라 분주한 시간들
못 박는 일은 모험과 스릴이 교차한다
모르고 하는 못질이여서 더 흥미진진하다

못질 잘하는 팔뚝을 자랑했다
근육질 알통 속에 못이 가득하다

숨차고 땀나도록 대못놀이를 즐겼더니
한 해가 훌쩍 가버렸다

새해에는 박힌 못 뽑는 목표를 세워본다
노루발장도리와 펜치를
사랑하는 친구들에게

새해 선물로 보냈다
포장도 멋있게, 간절한 마음을 담아
고맙지만 돌려주겠다는 답장도 왔다

되돌아온 선물로 길들여진 나의 못을 제거해본다
펜치로 돌리고 끄집어 던져버렸다
구멍 송송 바람이 찾아 주니
속 시원했다 잠시

한 개 두 개
추錐라고 쓰고 장도리라 불리는 노루발장도리에
대못들이 저항도 없이
헐겁게 버티다 맥없이 툭 떨어졌다

못이 빠진다는 건
지탱할 힘이 사라진다는 것일까?

나를 지탱한 못
품고 가야 할 못과 뽑아야 할 못들이 가득하다

무명화가의 방

일곱 빛깔 무지개

붓 가는 데로 풀어 동녘 창을 열면

지난밤 내 꿈의 화포를 흘러 다니던

무채색 속마음에 색색의 물감들이 들어가 있다

밥이 되지 못하고

공복의 눈물이 되어

몇 개의 돌연변이 그림으로 태어나는 방

마음의 돌을 치우려다가

내 손과 붓놀림의 엇박자로 벽을 만들고

불면의 탑을 쌓아올린 방

눈앞에 놓인 몇 점의 그림들이 또다시 버려지고

또다시 추상의 자유로움이 지배하는 방

나는 아직 떨어지지 않은 별똥별이다

세상에 태어나지 않은 무명의 그림쟁이다

채도에 없는 색채를 찾아 춤추고

내 손에 붓이 가자는 대로

그림 속 그림자의 선을 넘고

무에서 유를 창조하며

나를 보기 위해 눈을 감고

붙잡을 수 없는 시간들을 던져 버리면

미로 속의 빛을 찾아 떠나는

나는 환상 속 붓의 마술사다

마른 눈물도 눈물이다

누군가의 손길로 만들어진 숙명

벽에 걸린 마른 꽃

시계소리가 실어증 걸린 혀처럼 흔들어도

더 깊어지는 먹먹한 고요

제 몸 짜고 비어낸

안개꽃을 후광처럼 두른 장미꽃

종일 빈속으로 허기져서 움켜 볼품없어진

눈길마저 끊긴 지 오래다

그 속에서 머무는 아득한 삶

팔과 다리는 잘리고

타는 목마름으로 견뎌야 되는 시간들

과거의 기억들이 선을 따라 결을 만든 사이에는

빛바랜 불구의 주름

푸석한 먼지 위에 그린 얼룩들

남몰래 흘린 마른 눈물이다

나뭇잎 물고기

〈

손닿으면 툭 깨져버릴 것 같은 드라이플라워

넓은 등이라고 믿고 싶은 벽

침묵 속의 절규

물구나무로 매달린 생이라니!

산다는 건

쓸개 간 다 빼버리고

오직 버티어 견디는 일이었다

숯의 시간

사무실 키 작은 책장 머리 위
바구니에 담긴 숯
침묵으로 서로 응시한다
빛과 어둠을 초월하고
검은 수도복 속의 근엄함
침묵하되 세상이치 꿰뚫고 있는 듯
오염된 공기를 정화하고 있다

세상에서는 죽었으나 살아 있는
살아 있으나 죽어 있는 듯
자신의 굴레로부터 벗어나 해방된 듯
그 존재만으로도 평화롭다니

뜨거웠던 날도 있었으리라
물푸레나무의 푸르렀던 날들도 기억한다
사노라면

나뭇잎 물고기

가슴속 숯 검둥이 몇 덩어리 품고 버티지

지나간 것은 지나간 대로

오늘, 지금일 뿐

복잡한 나에게 던져주는 의미

깊고 푸르다

싱싱 횟집 컴퓨터 창을 열다

횟집 창가에 걸린 모니터
수초 속의 아이콘들이 흔들리고 있다
도다리 몇 마리 납작 엎드려
나의 클릭을 기다리고 있다

삐딱하게 한쪽으로 달라붙은 입,
너는 양식을 거부한다고 했다
그 고집스러운 입은
네 자유와 함께 썰려 나갈 것이다
뒤통수에 코드를 꽂고 명령을 대기한다

모니터 속의 바다를 헤엄치는 나를
누군가 클릭한다면
나는 주둥이가 잘려나가도
자유와 함께, 그래 자유와 함께인 것이지
단 한 번의 클릭으로 비워낼 수 있는 삶이라면

나뭇잎 물고기

나는 쓰레기통처럼 별일 없었을 거야

사무실 환상수족관에 비친 내 그림자
가슴 한쪽에선 기포가
쉼 없이
뽀글뽀글 원을 뿜어 창을 여는
내 모니터 속의 바다

아니요

겨울 산 중턱에 거꾸로 누워
하늘과 나목의 잔가지들을 보니
벌거벗은 가지 끝에 매달린 나무눈도
나를 빤히 보고 있다
바로 보기에서는 볼 수 없었던
굴성屈性된 가지들이
왔다갔다 흔들리니
"아니요" "아니요" 하는 것 같다
세상은 요지경인데 바른말 하는 사람 없이
예스 예스로 자기 자리 지키는 모습
비겁한 모습 볼 수 없어서
도리질을 멈추지 않는 것 같다
그 추위에 용케도 나무새가 아니 되고
바른말 하니 지나가던 바람의 몽니도
조용하다
부디,

나뭇잎 물고기

겹겹의 겨울을 나고도 생명의 숲으로 거듭나
세상에 외쳐다오
아닌 건
"아니오"라고……

머지않아 봄이 오고
누구나 침묵의 깊이로 품고 있는 꽃눈을 피워 보자
고요
지나간 시간의 배후는 허공이었지만
사라진 향기를 다시 찾아보자고요

악어지갑

지갑을 털어낸다
쏟아진다

그가 존대했던 명함들
폐지처럼 쏟아져 어지럽다
저들과 컴컴한 지갑 안에서
꽤 오래 동거했다
모든 관계는 위장 세금계산서 같다
정도 의리도 없이 주고받던 거래들
오직 살기 위해 나누던 그 많은 악수들
하얀 혓바닥이 무거워 주름은 골짜기가 되었다
그 깊은 그늘에 기생하는
오래된 지갑은 잡식성이다
불개미나 전갈도 마다하지 않는다
가슴에 두툼한 지갑을 넣고 있으면 뿌듯하다
지갑의 내부는 또 하나의 왕국,

나뭇잎 물고기

그가 들어앉은 지갑은 넓지만 스산하다

지갑이 주인인지 그가 주인이지
악어 한 마리가 그를 몰고 다닌다

쥐똥나무에게 말을 걸다

강원도 시골 중학교 시절
학교 울타리였던 쥐똥나무

오랜 세월이 지나서
동네 버스 정류장에서 그녀를 만났다
나무젓가락을 놓지 못하고
빈 건더기를 찾아 입맛을 적시던 나에게
"더 먹어라" 넣어주던 소면
그녀는 머리카락을 삶아 우리 배를 채워주곤 했다
버짐꽃 핀 소녀들은 행복했다
푸른 잎새 사이로 바람이 등을 타고 놀고 있는
쥐똥나무 사이로
청순하게 피어나는 저 꽃의 향기
새까만 열매들을 둥실 둥실 지더니 금세
순백의 무리로 수줍게 피워낸 저 향기
쥐똥나무를 덥석 안으면

나뭇잎 물고기

껍질눈으로 가만히 쳐다보시던 아주머니
한 말씀 하신다
"국수 먹고 싶으면 언제든지 찾아 오거래이"

거칠고 부르튼 큰 손으로
나를 토닥여주었다
아주머니 머리카락 푸르게 잘 자라셨다

청종이 울리는 수첩

새 수첩이 왔다
오랫동안 나와 함께 울고 웃던
낡은 수첩의 이름들을 지우고 옮긴다
이름들은 추억에 뿌리를 내리고 있다
추억으로 감싼 이름을 뽑아 새 수첩에 세운다
처음에는 또박또박 탈락되는 이름들도 적어 넣었
을 것이다
모과나무가 한 순간 열매를 내려놓듯
이름을 떨쳐냈다
많은 얼굴둘이 수첩을 떠났다
추억은 남고 이름은 갔다

새 수첩이 가벼워졌다
아! 때타지 않은 공백

올해는 사람 대신

나무들의 이름을 적을 것이다
풀꽃을 적고 새들의 이름을 옮기리라
한번 적으면 지울 일 없는 문신 같은 기호를
받아 적으리라
수첩 속에는 천둥 구름이 있고
나비가 날아드는 꽃밭을 일구리라
수첩 사이마다 강이 흐르고
청종靑鐘이 울리는 수첩 사이를 걸어가겠다

21. 6. 10 김 수진 maria

Ⅲ

자연

가시연꽃

설핏한 낙조 풀어지는
우포늪

세월 쟁여 빗은
거대한 질그릇 속에서

제 살 찢고 올라온
가시연의 처연한 울음,

적자색이다

햇볕에 벌렸던 입 다물어
자물쇠 채우는 시간

촘촘한 경계의 가시만
초병의 눈빛처럼 날이 서슬 퍼렇다

　　　　　　　　　　　　나뭇잎 물고기

갈색 책장의 서가

남산도서관 가는 길

바람에 휩쓸리고 있는

떨어진 책장들

손에 손을 잡고

어디론가 몰려가고 있는

한때는 바람을 넘기고

비를 또박또박 읽었을 낙엽

나무들은 제 살을 찢으며

가을을 지나가지

바람은 손들의 갈피를 뒤적여

잎 속의 길을 살펴주네

나무 책들이 꽂혀 있는 숲의 서가

한 뿌리에서 태어난 나뭇잎들이 붉어지면

바람은 잎맥이 제각각인 손바닥을 읽고

손금들이 바사삭 부서지면

햇살을 지나 구름과 비를 넘어

또박또박 받아 적어 넣었을

갈색 책장들

나무가 한 장씩 찢어 던져버리네

스스로 등진 길들이 떨어지면

바사삭 바사삭

다람쥐 몇 마리가 갈피 뒤적이고

숲의 서가는 날로 비어

나무는 이제 쓸쓸한 책장을 덮네

나뭇잎 물고기

꽃이었음을 기억하다

돌을 뚫고 들어간 꽃을 보았다
허리께부터 싹둑 베어나간 바위의 절단면에
선명하게 드러난
꽃의 화석,
암술 밑에 씨방이 고스란히 담겨 있다
얼마나 먼 길 돌아와
여기 바위틈에 갇혀 있는 것일까
가만히 다가가 쓰다듬어 보니
손끝 감촉이 서늘하다
몇 생을 에돌아왔을
꽃과 나의 거리가 전해온다
바위 속 저 단단한 어둠 속에서
한 땀 한 땀 수놓았을 꽃의 문양
세월의 더께 털어내어 펼치지 않았다면
내가 화석으로 읽지 않았어도
너는 기어이 돌을 뚫고 나와

숲속 한 송이 꽃으로 환생했을까

꽃받침 따라 파르르 떨고 있는 저 파장

가느다란 잎맥에서

솨솨 바람소리 가늣하다

나뭇잎 물고기

무지개 화석

돌 속으로 무지개가 들어갔다
어느 하늘 어느 별에서 뛰어내렸을까
빨 주 노 초 파……
남색과 보라색은 없다
어느 번개 치고
소나기 억수로 내리던 날
그만,
무지개는 남색과 보라색의 옷만 벗어놓고
저 돌 속으로 뛰어내렸을까
이 빠진 무지개 화석,
바람 든 아이처럼 히죽히죽 웃는 돌멩이
그래 나도 이 빠진 가슴 드러내놓고
한 됫박의 햇살을 퍼 담아본다
몸속이 온통 환해진다.

모래가 걸어왔다

거실 바닥에 모래알 몇 점 뒹굴고 있다

어디서 굴러와
우리 집에 안착한 저 샛별의 반짝임
아마도 전생은 큰 바위였으리라

틈새 파고든 나무뿌리에게
길 내주고 키우다가 제풀에 무너진
천년 바위왕국을 본다

걸을수록 깎이면서 에돌아 온 역사를
모래알 몇 점으로 흘린 풍경,
말줄임표로 요약된 한 편의 시 같다

나뭇잎 물고기

북소리

산속 도토리나무

툭 툭 톡

붙박였던 자리 훌훌 털고 길 떠나는 순례자

무에 그리 속을 끓였는지

태우고 태운 까만 속

굴러 가는 도토리의 긴 여정

보시하러 가는 길

소고채도 없이 울려오는 깊은 울림

길섶에 떨어져 이승과 저승으로

또다시 한 생 시작하려는

가을의 꼬리

단단히 힘주는 소리 끄으응

마파람, 하늬바람의 손놀림에

까치 소리 북소리 바람을 타고

천 개의 화음으로 흔들리는 숲속

내 가슴도 콩 당 콩 당

〈

새벽 가을 숲속에는

보이지 않는 것도 보이는

들리지 않은 것도 들리는

명명한 추임새로

땅 속 깊이 울려 퍼지는 북소리

사느냐 죽느냐

도토리들의 잠언

쿵 쿵 쿵

나뭇잎 물고기

빗소리를 핥는, 내 혀는

　내 혀는 손가락 끝에 붙어 있는데 이놈 혀는 천 개의 촉수로 자라고 잡식성이라 수없이 많은 책들을 먹어치운다 시 수필 소설 어느 것도 가리지 않는데 요즘은 철학자의 돌을 핥는데 푹 빠져 있다 그러다가 내 혀는 깊은 밤이면 토닥토닥 자판을 두드리며 낯선 방언을 토해낸다

　내 혀가 꿈틀거릴 때마다 불멸이라는 언어가 태어나 천 개의 생인손을 앓기도 하고 체하기도 하고 그럴 때면 엄지 혀를 따서 붉은 피를 눈물과 섞어 아일랜드 식 농담으로 덜어 마시다보면 슬며시 시라는 놈이 탄생하는데 천 개의 혀가 주문하듯 분주히 움직여도 내 그림자의 과녁에는 잘 꽂히지 않고 더러 엉뚱하게 위선의 중심에 박힌 화살을 나 혼자 명작이라 자기도취에 빠져 천 개의 손이 말미잘처럼 독을 품기도 하고 꽃을 피워 내기도 하는 나는 내 손이 내 혀가

가끔 무섭기도 해서 천수관음께 문안드리러 위안통 사 팔각정으로 가거나 프랑크 매코트를 만나 울컥 악수도 하고 싶다

　내 천 개의 손들이 기분이 좋을 때는 환상적인 아네모네의 꽃을 피우기도 하는데 살다보면 마음이 일심동체가 되었을 그런 때도 있는 것이다 달 없는 밤에는 내 손들이 다 붙어 있는지 세어보기도 하는데 헤아리다가 인내심이 없어서 그만두기도 하니까 더러 상처 나거나 영양이 부족해서 실족한 놈이 있다 내 혀는 자주 건조하고 말라 비틀어져 비 오는 날이면 무작정 빗소리를 핥으려 거리를 뛰쳐나가는데 비를 맞으면 쉰 목소리가 트이고 천 개의 강에서 꼬물거리던 은어들이 내 시의 뜰로 모여 비에 젖는다

　　　　　　　　　　　　나뭇잎 물고기

설악산 여명기

운무 속
곡선이 춤춘다
잘나고
못난 게 없다
어깨 걸고 일어선
첩첩 산
곡선의 세상이다
직각의 아파트 숲에서
먹고 자고
일직선의 도로를 달려온
우리 앞에
무엇을 보여주려는지
아니면
무엇을 감추려는지
구름 속에 가만히 눈을 뜨는
여명의 눈동자

은사시나무 아래에서

산속 굽은 길 따라

은자들이 모여 사는

숲속

은사시나무

은빛 두루마기를 곱게 차려입고

여린 바람결에

잎새 온통

은빛 광휘로 여울지면

잎새마다 전구 알 밝힙니다

한 생

세상에 물들지 않고 제 색깔을 지키는

은사시나무

나무 등걸을 껴안고 가만히 귀를 열면

온몸을 다 하여 뻗어나가는

우듬지로 옮겨가는 수액 소리

솨 솨 솨

　　　　　　　　　나뭇잎 물고기

몸 속 그득 종기들의 아우성
제 몸을 살라 빛을 준다는 소리지요

어둑한 해질녘
빛나는 은 빗살과 붉은 노을 다가오면
짓무른 가슴 속 그늘 환하게 지워 버려요

죽로차를 마시며

곡우穀雨 근처
왕대나무에서 떨어지는 이슬방울들
키 작은 차나무가 꼴깍꼴깍 받아 넘긴다
감로수를 받아먹은 차나무 가지들이
새순을 내미느라 아우성이다
새들도 푸른 피가 도는지
꽁지가 빠지게 차밭을 날아다니고 있다
죽로차를 마신다
왕대나무가 길어온 하늘 샘물,
바람도 다향과 함께 내 안에 들어와
텅텅- 대나무 부딪치는 소리가 난다
내 몸 속을 뛰어다니는 음계가 조화롭다
신을 벗어본다, 맨발의 간질거림
새순 위에 돋은 신생의 힘이 짜릿짜릿하다
내 뼈와 살을 우려낸
차 한 잔의 은유

나뭇잎 물고기

콜로라도의 강

미 남서부의 젖줄
청록의 강줄기가
그늘 없는 태양 아래 도열한 절벽 사이로
아득하다
사막에 적응하는 키 작은 나무들 사이로
쌍무지개 뜨면서 번개가 친다
짐승 울음처럼 처절하다
백인이 매몰차게 몰아낸 원주민들의 노여움일까
세월 속에 흘러간
인디언의 한 서린 고동소리
우렁우렁 들려오는 것 같다
말발굽 모양의 지형이 석양에 물들고
큰 바위들의 좁은 협곡 속에
600만년의 홀수슈 밴드가
시루떡판처럼 솟아
석판화 되어 보이는 추장의 얼굴 같다

강자가 만든 약육강식의 법칙

터전을 잃고 고통 받았을 인디언들의 삶에서

역사는 아직도 답이 없다

섭씨 110도를 오르내리는 사막의 생명줄이

고갈의 위기에 처해 있다

이 현상이 답인 것일까?

돌아오는 길 버스 창 밖에는

여호와의 선인장이 한 손을 들고 도열해 있다

아직도 선인장은 손을 들고 있을까?

허공의 탄생

5월의 장미원에 나비 한 마리 날고 있다

데칼코마니로 찍힌 무지개날개 팔랑팔랑 장미꽃밭
넘나든다

우화 거듭하며 날개를 탄생시킨 나비는, 무지개를
내건다

허공을 탄생시킨다

날개 밑에 조각별처럼 끌고 다니는 작은 그늘 아래
장미가 입술을 벌린다

나비도 장미도 무한 허공을 즐기는 것이다

달뜬 몸을 던져 봄을 완성시키는 것이다

가을 단상

신문 한쪽 부고란
줄줄이 낙엽처럼 떠나고
죽음도 만원이다

도로 위에 나뒹구는 저 낙엽들
몰려다니면서 바람에 휩쓸리다
차바퀴에 으스러져
돌아갈 고향조차 잃어버린
이 시대의 자화상 같다

갈 곳 없는 종착역을 잃어버리고
미로에서 한 줄기 빛을 찾다가
거듭 망각한 지 오래
내일 또 내일 하다가
낙엽처럼 가버린 사람들
바람의 장송곡이 간간이 들려주고

나뭇잎 물고기

이별도 축제라니
태어나고 떠나고
죽어서 갈 곳이 있다면 축복이고
갈 곳이 없다면 두려움일까?

타원형의 낙하가 끊임없이 반복되고

나도 낙엽처럼 석양에 물들어 가고 있다

나뭇잎 물고기

개심사開心寺 연못에서 느릿느릿
내 그물 속으로 흘러 들어온
물고기 한 마리

바싹 마른 몸통,
내장이 훤히 들여다보이고
가지런히 정열된 가시가 부챗살 같다
피아彼我의 경계를 풀어버린 눈동자
쓸리고 찢긴 꼬리지느러미가
세월을 가르고 있다

부유하는 몸이면 어떠랴
수련의 하얀 속살도 잊은 지 오래
상왕산에서 흘러와 물고기가 된 나뭇잎
외나무다리에서 바라다본, 윤회

서녘으로 기울던 빗살 하나

나뭇잎 물고기 굽은 허리를 관통하고 있다

뿔

몸을 흔들어 본다
뿔들이 부딪는 소리가 난다
내 안에서 나를 만드는 것들이다
뿌리의 모세혈관이 길을 잃고
뻗어 나가도 괜찮다
머리에 솟아난 뿔들을 보면 듬직하다
뿔들의 크기는 쉽게 얻어지는 신분상승이다
뿔 속에 들어있는 온갖 미사여구
깊고 단단하지만 허우룩하다
뿔의 근본은 중요하지 않다
모든 관계는 뿔의 크기로 거래한다
길들여진 뿔은 돈이고 양식이고 명예이다
내 안의 오래된 뿔이 나를 끌고
백년 왕국을 가고 있다
좁은 길을 통과하려니까 뿔이
가던 길을 막는다

나뭇잎 물고기

자르기엔 넘 아프다

21. 6. 24 정 수진

IV

가족

그런 산통이 있었다

감나무 한 그루 심었다

머리를 거꾸로 박고 밤새 앓고 있다

온몸을 부르르 떨기도 하고

거친 숨 몰아쉬어 가지가 바싹 타들어간다

설핏 내가 풋잠으로 떨어질 때

감꽃 봉오리 터뜨리는 소리 질렀던가

밤새 속 끓여 게워낸 감잎들이 수북하다

다리 벌리고 거꾸로 박힌 삶

저 수십 수백의 탯줄에 달린 생의 첫 울음 장전하
고 있다

사느냐 죽느냐, 까무룩 밀려왔다 밀려가는 발소리
들

출산이 다가오고 있는 게다

감나무 이리저리 뒤척이며 생살을 터트리면

생감나무 가지 비명을 토하며

생살을 찢는 거다

　　　　　　　나뭇잎 물고기

온 동네 고샅길이 들썩거린다
몸속으로 빨아들인 물과 태양의 자식들
배꼽이 검질기게 매달려 첫 울음소리 터뜨렸다
아기를 받던 여명의 손바닥이 발그스름하다

지난 밤
나에게도 그런 산통이 다녀갔다
막 태어난 시 한 소절 가쁜 숨을 쉬고 있다

내 필통 속의 몽당연필

나무 살 깎아 먹고 자랐다
산다는 것은 날마다 살을 벗기고
살을 발라 먹는 일이었다
사각사각
예리한 칼로 도려낸 껍질들이 쌓이면
향나무 냄새에 취해 단꿈을 꾸기도 했다

살점을 벗겨내면
까만 연필심이 고개를 드러내고
번역과 시사평론까지 그가 할 수 있는 건
오직 쓰고 지우는 일이었다
뿌리 깊은 나무의 족보로 물려준
사철 푸른 미소,
내 마음에 지워지지 않는 문신으로 남았다

6·25사변 때는 통역장교로

교단에서는 영어선생님으로 30성상星霜

뼈를 갈며 건너온 세월이여

이제는 더 벗겨 낼 무엇도 없이

반신불수가 된 몽당연필

딸그락 딸그락

이명처럼 멈추지 않는 소리

아버지!

문자가 왔다

별똥별 하나 떨어지자
밤하늘을 담았던 연못 출렁거린다
물고기자리에서 보낸 별빛의 안부 문자 한 줄에
치악산은 푸른 아가미를 열고
어둠을 헤엄치고 있다

내 탄생좌인 하늘물고기
저 알집, 양수에서
지금도 누가 태어나고 있으리
치악산 정상에서 바라본 별무리
저마다 신화의 마차를 끌며
은하의 수족관을 헤엄치고 있다

세월의 수족관에 갇혀 볼 수 없었던 리겔
하롱하롱 신호를 주면
눈을 감고 소원을 빌던 여리고 따뜻했던 동심

〈

언젠가는 되돌아갈 하늘물고기들의 연못

어둡고 좁은 길 더듬어

빈 주머니 들고 홀로 가야 할 곳

아직 끝나지 않은 여행

후회 없이 잘 마무리하고 돌아가겠노라고

내 핸드폰 속 이모티콘 중

비릿한 진동이 묻은 작고 예쁜 물고기와

답장을 보낸다

먹감나무가 있는 집

고향집 먹감나무 올해로 팔순이시다
해가 다르게 수척해지는 모습
언제 한번 건강검진이라도 해드려야겠다
잎잎 가지가지 헤쳐 들어가 보면
우리 집 가계家系가 알몸을 드러낸다
철없던 우리 7형제
감꼭지에 달라붙어 자랐다
감또개처럼 가버린 아우도 있고
시커멓게 썩은 어머니 속도 보인다
너무 쉽게 상처받고 부러지던 가지들
그 먹빛 물감무늬가
오늘 석양빛에 저리도 눈부시다니!
가을 잎 바람에 쏠리는 저녁
먹감나무 그림자 고단한 하루를 접는다
온몸 저승꽃 환하게 피워 눕는다
말라 비틀린 혈관 수없이 찔러 수액을 꽂는다

감꽃처럼 지는 어머니의 신음소리

대학병원 근무 십 년, 내 이력이 무색하다

별을 굽다

별 굽는 여자가 있다
일성초등학교 앞 골목 모퉁이
손바닥만 한 좌판 위에서 별을 빚어낸다
아이들의 꿈이 깨금발로 뛰어드는
지상의 별,
어느 은하계에서 떨어진 조각일까?

별을 뽑아내면
별 하나 덤으로 더 드리지요
별을 빚어내면 소원이 이루어진다나요
그녀는 눈으로 살며시 말하고 있다

꿈이 묻혀 있는 구름송이 떼어
살을 발라
조심조심 살얼음 걷는 순간
쩌-억 갈라지는 별들의 아우성

깨어짐으로 더 눈부신,

별을 굽던 여자
금오동 판자촌 집으로 가는 길
하늘 멀리 박혀 있던 부스러기별들
그녀 머리 위 고무다라 안으로
일제히 뛰어내린다

가난한 꿈이 소복이 쌓인다

바늘과 실

눈도 코도 없이
귀 하나 열고 있는 당신
내가 그 작은 귓속에 들면
바람의 노래가 들린다고 웃는 당신

당신의 귀에 꿰어
어두운 미로 따라가 보면
어느 신의 영혼을 훔쳐 오는지
꽃이 수놓아 지고
해진 옷이 이어지고
사부작사부작 하루를 건너며
내 삶의 나침반이 되는
당신

세월 갈수록
꿰고 잇던 눈 흐려지고

　　　　　　　　　　　　나뭇잎 물고기

손 떨려 귀 하나 뚫지 못해
자주 당신을 놓치지만

돌고 돌아
다시 만나야 될 우리는
규방의 절친
바늘과 실입니다

속내를 열어주세요

거실 한 구석 동방구리에 심어놓은 겹 동백 한 그루, 새색시 붉은 입술 꽃봉오리로 매달고 속내 감감이다 수삼 년째 꽃을 보여주지 않는다 양지쪽으로 자리를 옮기며 애태워보지만 올해도 젖멍울 몇 개 맺혔다가는 뭐가 그리 부끄러운지 이내 가슴을 감싸고 만다 반질반질하던 이파리 어느새 까칠해졌다 어린 시절 네가 품었던 달디단 꿀을 기억한다

잘 익은 햇살과 해풍에 허기 달래며 겨울 숲에 불 지펴 타오르던 동박새의 뜨거운 가슴을 기억한다 네가 활짝 웃으면 숲은 달아올라 바다가 펄펄 끓고 밤새 고열에 시달렸다 먼 바닷가 순결한 바람이 아니면 몸을 열 수 없다는 것일까 늦겨울 해가 설핏 머물다 간 자리, 젖 판에서 떨어진 검은 피 한 점 동방구리 어깨에 진하게 묻어 있다 나 혼자 까맣게 타들어 가는 하루

사이로

물 컵 안에 물이 삼분의 이 남았다
물 컵 안에 물이 삼분의 일 사라졌다
삼분의 일과 삼분의 이 사이로,

달이 밤하늘에 차 있다
줄 기러기가 구멍 속으로 날아가고 있다
달과 기러기 사이로,

납골당 자리가 밑에서 두 번째이다
아버지를 위에서 아래로 내려 본다
눈물과 뼛가루 사이로,

시야가 잘 보이다 흐릿해진다
책을 보기 위해 실눈을 뜨다
오목렌즈와 볼록렌즈 사이로,

늦매미 울음소리 쉬지 않고 질러댄다
짝을 찾지 못한 설움이 다급하다
여름과 가을 사이로,

나를 닮은 DNA를 가진 자녀가 태어났다
가족이라는 이름의 둘레로 함께 모였다
괄호 안의 사이로,

삶이라는 산을 오르는 길 버겁고 숨도 차다
시작이 있으면 언젠가는 목적지에
쉼표와 마침표 사이로

나뭇잎 물고기

오래된 소나무를 읽다

문경세제 하산길
상처 난 소나무 군락을 만났다
V자로 깊이 파인 상처들
여기저기 살점 뜯겨나간 자리
지울 수 없는 아픈 역사다

일제강점기
송진 채취당한 허리가 잘록하다
잘려나간 유방 주변이
적갈색 껍질로 딱지가 앉았다
어린 나이였을 때 당한 트라우마
어찌 잊으랴

상처로 몸을 감싸 안은 오래된 소나무들
강제 동원된 위안부들의 모습이다
돈도 권력도 명예도 필요 없다

아무것도 원하지 않으니
사과만이라도 하라는
할머니의 처절한 마지막 절규
피눈물 뚝뚝 번진 대지로
솔방울 한 개가 툭 떨어졌다

소녀상처럼 저 상처 난 가슴
가만히 품어줄 수밖에 없는
우뚝 솟은 저 소나무
나도 우리도 조국이 부끄럽다

우물이 있던 자리

의사가 자궁을 꺼내자고 한다

두레박을 내려서 물이 있으면 살 수 있다고
물이 말랐으면 당신은 세 달을 못 넘길 거라고

낮달이 몸 던질 때마다 첨벙 울렸던 그곳
네 개의 무지개가 걸린 곳

놋쇠 숟가락이 유년의 흔적처럼 빠져
우물이 있던 자리를 더듬어보면
한때
우물 속에서 내비치던
쌍둥이별을 불러내고 하현달이 빠진 곳
시간의 애기 집 스치고 지나간 길들이
희미하게 만져진다

내 피와 살을 먹고 자라는 뿌리들이
어디에서 내게로 왔는지
물음표가 되어 쉼 없이 퍼지는 꽃
마른 우물터를 점령하고 있다

이 말라빠진 기억의 터를 발굴하여
더듬더듬
우물 깊이깊이 두레박을 내려다보는 것이다

　　　　　　　　　나뭇잎 물고기

아귀 엄마

하나면 족하다는 시대에
넷이나 낳았다
셋째를 기숙사 있는 시골학교로 보내고
돌아오는 차 안에서 수건을 적셨다

사투리 쓰는 새 친구들이 붙여준 별명
하필 아귀라니!
청소년기의 푸른 시간을
깊은 바다 속에서 보내야 했던 딸
머리 크고 입도 커서 잡혀도 버렸다는 아귀
아이가 얼마나 이 악물고
책을 팠으면 아귀라 불렸을까

아귀전문집
문전성시의 손님을 보라
아귀가 대접받는 세상이 되었다

거센 파도를 헤엄쳐 건너서
딸은 교단 위에 우뚝 섰다

그래, 나는 아귀 엄마다

나뭇잎 물고기

아버지는 그곳으로 가셨다

새벽이면 마른 기침소리가 잠을 깨웠다
소리가 커질수록 아버지의 등 뒤에다
내 귓바퀴를 떼어다 붙여놓고
소리를 먹으면서 자랐다
허파꽈리에 달린 포도 알들의 아우성이
꿀렁꿀렁 추임새까지 섞여 울렸다

날씨가 춥거나 감기가 도졌을 때는
버렁 끝 바람이 휘돌아가듯
신기하게도
두 고개 넘어가는 공명의 소리가 되었다

징~ 징~

소리의 갈무리는 파장이 길게 날아가다
사뿐히 내려온 듯 퍼져갔다

아버지 등가죽은 언제부터 징이 되었을까?

콜록∼ 콜록∼

기침을 밤낮으로 토해놓을 때면
채끝에 천을 묶은 나무 채가
사정없이 등을 명금鳴金할 때이다

아버지 등가죽은 움푹 파일 정도로
낡은 놋쇠가 되었다
저 징 소리를 멈추게 할 순 없을까?
시간을 건너갈수록
등이 둥근 쟁반처럼 굽어지면서
방짜울음 뒤로 하고 아버지는
마리소리골*로 떠나셨다
존재만으로도 스스로 답이 되려고

*마리소리골: 강원도 홍천에 있는 악기박물관

양은냄비가 웃다

창천동 맛집 골목 곰탕집 앞에
찌그러지고 벗겨진 양은냄비가
머리뚜껑 손잡이가 깨져 있고
흠집투성이다
고물상 가기 직전
쪼그리고 앉아 햇볕을 쬐고 있다

고단한 날들을 기억한다
저 산 하나 넘으면 되겠지 위로하며
산 넘어 가면
더 높은 산이 기다리고
그 고된 인내로 견딘
온몸 상처뿐인 냄비

세월 건너 눈도 흐리고
허리도 아프고 손목도 떨어져 나가

더는 쓸모없어져 상실감만 담겨 있다
그 옛날
냄비 속에서 보글보글 끓여낸 뽀얀 국물은
허겁지겁 빨아 먹던 젖이다
나의 이빨에 긁힌 자국이
냄비 바닥에 선명하다
이제 빈 냄비에는
허공만이 담겨 있다

낯선 타인이 되어버린 가족들
당신의 목숨보다 더 사랑했던 자식도
알아보지 못하고
찌그러진 입으로
헤실헤실 웃을 뿐이다

신이 바빠서 가족에게 선물했다는
어머니라는 이름
삶의 무게를 이겨낸 기록들은
내 속에서 피가 되고 살이 되어
흐르고 있는데,
아! 어머니

　　　　　　　　나뭇잎 물고기

즐거운 포박

아이 손바닥에는 빵이 올려 있고요

머리에는 모자가

아침마다 아이들은 내 앞에 줄서서

나를 떼어가지요

내 살점은 일용할 양식입니다

전기세 수도세가 내 몸에서 빠져나가고

등록금이 줄줄, 몸이 자주 축납니다

나는 25시 만능 인출기,

두 발 열심히 굴리면 다시 조금씩 채워지고

채워지기 무섭게 아이들은

내 몸을 열고 잘도 꺼내 가지요

속이 빈 날은 하루 종일 허공에 마음을 두고

쓰린 속을 달랩니다

막내가 새 옷을 사 입겠다고 내 배를 툭툭 신호를 주면

언니 옷 줄여서 새 옷처럼 포장합니다

저녁이면 쌀도 씻어야 하고 빨래도 해야 하고
청소도 하고 섹스는 새벽녘쯤에야

부부는 가끔 전쟁도 하지만
애들이 다가오면 꼼짝 못하는 기계입니다
입은 있지만 말은 못하고 지폐만 내밀 뿐이지요
아이들은 눈감고도 인출기를 작동합니다
내 몸 구석구석 코드번호를 정확하게 알고 있지요
아마 내 뱃속에 있을 때
양수를 헤엄치며 비밀번호를
모두 외우고 나온 듯합니다

도망가도 소용없고
비밀번호를 바꿔도 소용없는
나는 자동인출기입니다

폭설 이후

1

눈밭에 찍힌 발자국이 깊다
그래, 가끔 사람의 문양도 꽃과 같지
저 눈밭에 흐드러진 꽃
그동안 내가 지구를 굴리며 남겼던 흔적들
깊어진다는 것은 저를 온전히 전해 드러내는 것인
가
꽃이 되어 누워 있는 흔적들
제각각의 크기대로 깊어지는
때론 나목의 결속으로 살을 섞으며
지상의 찰나와 사뿐히 손을 흔들었을
꽃, 꽃…… 눈꽃들
사라진다는 것은
또 다른 생명의 꽃이 될 수 있을까
대지의 깊이에 추위를 견디며 잠든 생명들

눈꽃의 뿌리가 닿아 간지럼 타며 움트는 시간

2

한낮, 지상의 둥근 꽃이 꿈틀, 꿈틀

싹 틔우느라 산통이 오래 가는

네 아이를 잉태했던 아랫배가 뻐근해진다

어린아이가 찍어낸 주름투성이 발자국

나를 밟고 간 아이들의 발자국이 내 몸 안에 있다

기억이 희미해질수록

발자국은 더 깊어질 것이다

밤새 안장 하나 없이 각진 모서리를 숙부드럽게 깎
아서

펼쳐낸 동트는 새 날의 새 길

눈밭은 없던 길을 열어주는 꽃밭

길은 처음부터

내가 걸어간 길이 길이었다

나뭇잎 물고기

|해설| 이승하 시인 · 중앙대 교수

이 세상 모든 생명체에게 바치는 헌사

이 세상 모든 생명체에게 바치는 헌사

인간은 오만하였다. 만물의 영장이랍시고 뭇 생명체를 남획하였다. 이 지구상의 허파라고 불리는 남미의 밀림을 민둥산으로 만들었다. 아프리카의 야생동물은 사냥이 취미인 사람들에게 즐거움을 주면서 죽어갔다. 이 지구상에 얼마나 많은 차량이 달리고 있는가. 그 수많은 차가 내뿜는 매연이 미세먼지의 주범이다. 이 지구는 '닫힌 계'여서 쓰고 버린 기계와 폐건축자재, 폐비닐은 땅을 계속해서 오염시킬 뿐이다. 자동차의 배기가스는 지구에 그대로 머물러 있을 뿐 대기권 밖으로 날아가지 않는다. 코로나19 바이러스가 팬데믹 시대를 가져왔지만 우리 인간은 반성을 하고 있는 것일까? 우리나라의 경우 작년과 올해

가전제품 판매량과 자동차 판매량이 급증했다고 한다. 해외여행에 쓸 돈이 묶여 있자 소비심리를 자극했다는 것이다. 이런 상황 속에서 시인은 무엇을 할 수 있을까?

살점 다 파먹어 버린 생선

거꾸로 박혀 있다

바람이 그 사체를 오랫동안 핥고

새 한 마리 깃들이지 않는 저 오래된 뼈다귀

지리산 제석봉에 쓰러진 미라의 몸통을 더듬어 보면

엇갈린 악수처럼 손에 잡히지 않는 고사목의 손,

가만히 나를 가리키는 저 쓸쓸함의 힘

뿌리와 단절된 나무 덮어주려고

구름이 산을 올라오면

바람이 가저온 수의 한 벌

입혀준다

—「고사목」 전문

시적 화자는 지리산 제석봉에 가서 고사목을 본다. 화자는 눈에 들어온 고사목을 "살점 다 파먹어 버린 생선", "새 한 마리 깃들이지 않은 저 오래된 뼈다귀", "쓰러진 미라의 몸통"이라고 묘사했다. 여기서 그치지 않는다. 고사목의 손이 엇갈린 악수처럼 손에 잡히지 않는다고 한다. 나무는 죽은 지 한참 되었고 화자는 살아 있는 생명체이다. 그러나 고사목의 손은 "쓸쓸함의 힘"으로 화자를 가만히 가리키고 있다. 그대는 지금 잘살고 있습니까? 그대에 주어진 생명체의 본분을 다하고 있습니까? 묻고 있는 것만 같다. 고사목을 돌보는 것은 구름과 바람이다. "뿌리와 단절된 나무 덮어주려고/ 구름이 산을 올라오면/ 바람이 가져온 수의 한 벌/ 입혀준다"고 하니 고사목은 외롭지 않을 것이다. 죽었지만 여전히 산의 일부이며 최후의 모습을 그대로 간직한 채 위용을 잃지 않고 있다. 이 시가 시집의 첫머리를 장식하고 있는 이유를 알 듯도 하다.

　　간절한 청혼이 빚어낸

다리 여섯 개 달린 그릇이

살구나무를 꼭 붙들고

여름내 울음을 담았던

저 투명한 그릇

기다림의 화석인가

속이 텅 빈 그릇,

가까이 다가가 손끝으로 살짝 두드려본다

누가 저리 깨끗하게 닦아 걸어놨나

아득한 고요가 한 공기 담겨 있다

한 생 그 누군가를 위해

울려고 떠난 빈 그릇

참 가볍고 깨끗하다

—「늦털매미가 다녀가셨다」 후반부

   계절의 끄트머리쯤에, 즉 좀 늦게 나타나는 늦털매미가 어디 가고 없다. 허물을 남겨두고. 땅속에서 오래오래 그 허물이 매미 유충의 몸을 감싸고 있었을 터, 지금은 "기다림의 화석인가/ 속이 텅 빈 그릇"이다. 하지만 허물은 "아득한 고요가 한 공기 담겨" 있으며, "그 누군가를 위해/ 울려고 떠난 빈 그릇"이어서 "참 가볍고 깨끗하다"고 한다. 생명의 신비를 이렇게 순수하게 그릴 수 있을까, 감탄하게 된다. 매미의 변태를 다룬 시가 꽤 있었지만 매미의 허물을 이런 식으로 아름답게 묘사한 시는 이번에 처음 보았다. 이제 인간세상의 생명체를 보자.

봄이 와도 봄이 아닌
봄의 학살을 아는가?

들판은 재개발로 시끄럽다
탐욕의 광기가 일렁이며
봄이 난도질을 당하고 있다

해마다 봄이 오면
바람의 옷 입고
풋풋한 얼굴 살며시 내밀어
바람 한줌 햇살 한줌 담던 냉이,
저 들녘을 방석처럼 옆으로 퍼지며

돌리고 돌리던 냉이

쌉쌀한 향기로 겨울잠을 깨웠지

　　　　　　　　　—「냉이, 봄을 잃다」전반부

　주택 몇 천호, 몇 만호 공급을 정부에서는 아무 생각 없이(?) 발표한다. 그린벨트는 해제되고 아파트는 재건축에 들어가고 산야는 아파트 숲이 된다. 서울 인근 신도시의 모습은 대동소이하다. 아파트들이 들어서 산이 안 보인다. 시인이 보건대 "들판은 재개발로 시끄럽다/ 탐욕의 광기가 일렁이며/ 봄이 난도질을 당하고 있다"는 것이다. 산천의 냉이는 불도저와 포클레인에 의해 통째로 흙으로 돌아갈 것이다. 그런데 이 봄에 냉이 같은 아이가 목숨을 잃었다.

　올봄에는 작고 여린 초록 눈빛, 두려움에 떨며

　바스락 소리에도 공포에 휩싸여 질려 있다

　탐욕의 수많은 발자국에 짓이겨

　어린 잎 이마에는 피멍이 터지고

　푸른 멍 온몸에 번져

어둠 속으로 숨통이 막혔다

아가야
작고 어린 정인아~*
유난히 눈웃음이 사랑스러웠던 정인아
미안하다 미안하다
우리 모두~

냉이가 끔찍한 고통 속에서 떠나는 잔인한 봄이다
　　　　　　　　　　　　　　　　　—「냉이, 봄을 잃다」 후반부

　생후 16개월밖에 안 된 정인이는 말을 잘 듣지 않
는다고 양부모의 폭력에 의해 숨을 거뒀다. 인간이
어린 생명체를 이렇게 '취급'하고 있다. 흡사 건설현
장의 냉이처럼 말이다. "두려움에 떨며/ 바스락 소리
에도 공포에 휩싸여 질리"곤 했던 정인이의 "이마에
는 피멍이 터지고/ 푸른 멍 온몸에 번져" 숨통이 막
혔고, 결국 고통 없는 세상으로 갔다. 시인이 도대체
이 엄청난 비극 앞에서 무엇을 할 수 있단 말인가. 그

저 고개 숙여 묵념이나 할 수 있을 따름, 시를 한 편 써 조문을 하는 것 외에 무엇을 할 수 있을까. "냉이가 끔찍한 고통 속에서 떠나는 잔인한 봄"에도 시인은 시를 쓴다.

'태반크림'이란 제품이 있다. 뉴질랜드에서 가장 많이 생산되는데, 뉴질랜드의 메리노양의 태반에서 추출한 성분으로 만든 크림으로서 피부에 빨리 흡수되고 촉촉하다고 한다. 향이 없어 좋다고도 한다. 짐승의 태반이든 인간의 태반이든 그것을 원재료로 하여 크림을 만드는 것이 과연 윤리적인 일일까? 태반크림은 좀 비싸지만 한국 관광객들에게 인기가 있다고 하니 선물용으로 좋은가 보다. 임신 중 산모의 자궁 내벽과 태아 사이에서 영양 공급을 하는 원반 모양의 태반을 화장품으로 만드는 것은 아무리 좋게 보아도 비윤리적이다. "사무실 앞 벤치에 떨어진 단풍"을 "잘린 손, 던지며/ 쌓여가는 입술과 귀"로 생각하는 화자는 "부드러운 살점 한 조각"이 "모래 속으로. 아장아장 걸어가고 있다"(「태반크림에 대한 소고」)고 보았다. 이 시는 생명을 귀하게 여기지 않은 세태에 대한 뼈아픈 진단으로 읽힌다.

개의 한 종인 리트리버도 "치료비 감당이 어렵다고 보호소 앞에 데려다 놓고 사라졌다니"(「하지마비, 그 아이」) 참으로 가슴 아픈 일이다. 리트리버를 입양될 때까지라도 돌보고 싶어 보호소에 전화를 걸었더니 그렇게는 안 되고 입양신청자가 없으면 안락사 시키겠다는 매몰찬 대답만 듣는다. 짐승이라고 생명체가 아니라 짐짝 취급이다. 장애가 있는 수많은 개가 유기견이 된다. 그리고 집단으로 생명체를 암장케 한 광우병, 구제역, 조류독감……. 짐승을 대하는 인간의 죄가 크고 무겁다. 이제 등단작을 보자.

대학병원 뒷마당 한쪽의 빈 약병들

금방 발사된 총알의 탄피처럼 쌓여 있다

칼이 베어낸 살점을 전리품으로

피에 절은 거즈들이 쌓여 가면

하루의 치열한 전투가 끝나고

영웅이 된 용사는 가운을 벗고 개선하고

누구도 저 약병들의 이름과

그의 주인을 기억할 수 없다

생과 사의 전투가 끝나면
부상병은 전투진지의 미로를 따라
지하 벙커로 기어서 간다
꺼져가는 목숨을 살리려는 자
삶의 진지를 지키려는 자
그들의 몸부림이 저리 쌓여 있다

―「하얀 늪의 시간」 전반부

코로나 바이러스 백신에 문제가 있다고 언론에 계속 보도되면서 우리는 매일 텔레비전에서 약병을 보게 되는데, 코로나 바이러스 등장 이전에도 전국 병원에서는 수많은 약병이 "금방 발사된 총알의 탄피처럼 쌓여" 있었을 것이다. 우리나라에서 하루에 사용되는 약병의 수, 몇 만 개일까? "꺼져가는 목숨을 지키려는 자"는 당언히 의사이고 "삶의 진지를 지키려는 자"는 환자이다. 엄청난 사투가 전개되는 병실의 수, 침상의 수는 대한민국에 몇 개일까? 시인은 그 극한지대를 전장의 참호로 보았다. "참호 안에 숨어 다시 조준하는 심장/ 총이 총에게 발사하는 포탄 소리 들려오고" 이윽고 수술이 진행된다. "칼이 칼에게 휘둘러 선홍빛 피 젖으면/ 또다시, 꿈을 장전한다"고 묘사한다. 병마를 이겨내려면 수술, 약, 안정, 의사, 간호 등 필요한 것이 한두 가지가 아니다 우리 인간은 이렇게 돈과 장비와 의술을 투입해 치료에 혼신을 다하지만 야생고양이는 매일 미세먼지를 마시고 있으니 전보다 더 빨리 죽을 것이다. 바다의 고래와 상어 뱃속에는 비닐과 스티로폼이 잔뜩 들어 있다고 한다. 그래서 집단자살도 감행하는 것이려니. 생명체에 대한 연민의 정, 즉 뭇 동식물을 측은히 여기는 마음이 주로 제1부에 펼쳐지고 있다.

제2부는 본인과 주변인들의 인생여정이 아닌가 한다.

모니터 속의 바다를 헤엄치는 나를
누군가 클릭한다면
나는 주둥이가 잘려나가도
자유와 함께, 그래 자유와 함께인 것이지

단 한 번의 클릭으로 비워낼 수 있는 삶이라면

나는 쓰레기통처럼 별일 없었을 거야

사무실 환상수족관에 비친 내 그림자

가슴 한쪽에선 기포가

쉼 없이

뽀글뽀글 원을 뿜어 창을 여는

내 모니터 속의 바다

　　　　　—「싱싱 횟집 컴퓨터 창을 열다」 후반부

　이 시의 공간적 배경은 회사 사무실이고 시간적 배경은 근무시간이다. 현대 샐러리맨의 대개의 업무가 컴퓨터 앞에서 이뤄진다. "단 한 번의 클릭으로 비워낼 수 있는 삶이라면/ 나는 쓰레기통처럼 별일 없었을 거야"가 왜 자조적인 말로 들릴까? 사람과 사람이 만나 업무가 처리되는 것이 아니라 사람이 기계가 마주앉아 거의 모든 업무가 해결되고 있는 비정한 기계도시가 풍자되고 있는 것이다. 나무의 시간은 자연의 시간인데 숲의 시간도 정화의 시간, 평화의 시간이다. 나무는 죽어도 이 세상에 이로운 일을 한다.

    사무실 키 작은 책장 머리 위

    바구니에 담긴 숯

    침묵으로 서로 응시한다

    빛과 어둠을 초월하고

    검은 수도복 속의 근엄함

    침묵하되 세상이치 꿰뚫고 있는 듯

    오염된 공기를 정화하고 있다

    세상에서는 죽었으나 살아 있는

    살아 있으나 죽어 있는 듯

    자신의 굴레로부터 벗어나 해방된 듯

    그 존재만으로도 평화롭다니

                    —「숯의 시간」 앞 2연

  사무실의 키 작은 책장 머리 위에 바구니가 있는데 거기에 숯이 있다. 숯은 "세상이치 꿰뚫고 있다는 듯/ 오염된 공기를 정화하고" 있는데 나는 살아 있지만

'죽어 있는 듯한' 존재인가. 다람쥐처럼 쳇바퀴를 돌리며 앞으로 앞으로 달리고만 있는가. 숯은 "자신의 굴레로부터 벗어나 해방된 듯/ 그 존재만으로도 평화"로운데 인간은 늘 욕망 때문에 불안해하고 절망한다. 그와 반대로 우리 인간은 말을 달리게 해놓고 열광한다. 우승마에 돈을 걸고는 미친 듯이 울부짖는다. 과천경마장에 한번 가보라. 경마가 끝난 뒤의 황량한 모습을.

모래판 경마가 끝난 뒤
휴지들의 경마가 시작된다
욕망의 찌꺼기들이 날뛰기 시작한다
관중 속에 구겨져 나뒹굴던 예상경마지
휴먼드림이 출발선에 엎드렸다
샛별세상이 총알처럼 뚫고 나간다
금산대왕이 소주병에 걸려 고꾸라진다
악다구니 휴지조각들의 함성
몇몇은 배를 까뒤집고 숨이 넘어산나
백지장 같은 하늘 경마는 끝났다
기세 좋던 휴지조각들

쓰레기통 속으로 우르르 끌려가 몸을 접고 눕는다

바람 빠진 풍선들 거리로 쓸려가고

주인 잃은 유성펜 하나

고요 속에 나뒹군다

— 「경마가 끝난 뒤」 앞 연

　시인은 경마가 끝난 뒤에 휴지들, 즉 예상경마지의 경주가 시작된다고 보았다. 바람이 불어 관중석 여기저기 날려 다니고 있는 예상경마지를 본 화자는 혀를 찬다. '금산대왕'이 소주병에 걸려 고꾸라지고, '악다구니 휴지조각들'은 함성을 지르고, 돈을 왕창 잃은 몇몇은 배를 까뒤집고 숨이 넘어간다. 차라리 "오늘의 우승자는/ 벤치를 차지하고 누운 노숙의 가랑잎"이라는 제2연이 의미심장하다. 아마도 돈을 딴 10%는 호기롭게 술값을 계산할 것이고 돈을 잃은 90%는 씁쓸한 마음으로 귀가하거나 홧술을 마실 것이다. 말들이 무슨 죄가 있는가. 인간을 등에 태우고 내리치는 채찍을 맞으며 죽을 동 살 동 앞만 보고 달린다. 인간의 욕망 중에 끊기 어려운 것이 도박이고 일확천금에의 꿈이다. 금전욕, 명예욕, 권력욕에 승부욕까지……. "가슴에 두툼한 지갑을 넣고 있으면 뿌듯하다"고 한다. "지갑의 내부는 또 하나의 왕국,/그가 들어앉은 지갑은 넓지만 스산하다"(「악어지갑」)는 구절에도 인간의 무한욕망에 대한 경고의 메시지가 숨어 있다.

시인의 자연에 대한 탐구를 좀 더 들여다보도록 하자.

설핏한 낙조 풀어지는
우포늪

세월 쟁여 빚은
거대한 질그릇 속에서

제 살 찢고 올라온
가시연의 처연한 울음,

적자색이다

햇볕에 벌렸던 입 다물어

자물쇠 채우는 시간

촘촘한 경계의 가시만

초병의 눈빛처럼 날이 서슬 퍼렇다

―「가시연꽃」 전문

　우포늪에서 가서 본 가시연의 꽃이 화자에게는 "제 살 찢고 올라온/ 가시연의 처연한 울음"으로 들린다. 적자색이기 때문이다. 울음이 적자색이라니 공감각적인 표현이다. "햇볕에 벌렸던 입 다물어/ 자물쇠 채우는 시간"도 절묘한 표현이지만 "촘촘한 경계의 가시만/ 초병의 눈빛처럼 날이 서슬 퍼렇다"도 가시연꽃의 생명력을 아주 잘 나타낸 멋진 표현이라고 생각한다. 아래 시구도 시각적 이미지와 청각적 이미지가 하모니를 이룬 절묘한 공감각적인 표현이다.

세상에 물들지 않고 제 색깔을 지키는

은사시나무

나무 등걸을 껴안고 가만히 귀를 열면

온몸을 다 하여 뻗어나가는

우듬지로 옮겨가는 수액 소리

솨 솨 솨

몸 속 그득 종기들의 아우성

제 몸을 살라 빛을 준다는 소리지요

　　　　　　　　　　—「은사시나무 아래에서」 부분

　나무들이 성장하고 번성하는 데 얼마나 많은 노력을 들이는지 우리 인간은 잘 모른다. 생명체가 자신의 한 몸을 유지·번성하는 것이 참으로 어려운데, 우리 인간은 수십 년 수종을 베어버리고 건물을 짓고 길을 닦는다. 자연이 총궐기하여 인간에게 도전하는 것이 지금 우리가 겪고 있는 팬데믹 현상이 아닐까?

　시집의 제4부는 주로 가족사의 편린이다. 시를 보니 시인의 부친은 한국전쟁 때는 통역장교로 활동하였고 제대 이후 30년 동안 영어선생님으로 삶을 꾸려간 분이다.「내 필통 속의 몽당연필」에는 아버지의 생이,「사이로」에는 아버지의 죽음이 그려져 있다.

어머니는 슬하에 7남매를 두었으니 그 시절치고는 그렇게 많지 않았다고 볼 수도 있지만 교사 남편의 월급에 매달린 입의 수가 자그마치 여덟 개다. "감또 개처럼 가버린 아우"도 있었지만 어머니의 고생은 생의 마지막 모습을 그린 "온몸 저승꽃 환하게 피워 눕는다/ 말라 비틀린 혈관 수없이 찔러 수액을 꽂는 다"에 여실히 드러나 있다. "감꽃처럼 지는 어머니의 신음소리"를 듣고 아무것도 해드릴 수 없는 화자, 대학병원에서 10년 근무한 자신의 이력이 무색해 가슴이 쓰리다. 어머니의 고생은 "창천동 맛집 골목 곰탕집 앞에/ 찌그러지고 벗겨진 양은냄비"가 잘 말해주고 있다. "머리뚜껑 손잡이가 깨져 있고/ 흠집투성이"고, "고물상 가기 직전/ 쪼그리고 앉아 햇볕을 쬐고 있다". 결국은 "당신의 목숨보다 더 사랑했던 자식도/ 알아보지 못하고/ 찌그러진 입으로/ 헤실헤실 웃을 뿐"(「양은냄비가 웃다」)이었다.

「별을 굽다」를 보니 시인과 화자가 동일인인지 헷갈린다. 일성초등학교 앞 골목 모퉁이에서 달고나를 팔던 여자는 시인의 어머니였을까? 아무튼 그 시절

엔 모두 다 가난했다.

꿈이 묻혀 있는 구름송이 떼어
살을 발라
조심조심 살얼음 걷는 순간
쩌-억 갈라지는 별들의 아우성
깨어짐으로 더 눈부신,

별을 굽던 여자
금오동 판자촌 집으로 가는 길
하늘 멀리 박혀 있던 부스러기별들
그녀 머리 위 고무다라 안으로
일제히 뛰어내린다

가난한 꿈이 소복이 쌓인다

—「별을 굽다」 후반부

여자는 연탄불 위에 설탕을 녹여 달고나를 만들어
별 모양의 양철로 찍어 아이들에게 판다. 별 모양을

잘 떼어 먹으면 하나를 더 얻을 수 있는 행운이 주어진다. 이런 시는 참 아름답고 슬프다. 하늘 멀리 박혀 있던 부스러기별들이 그녀 머리 위 고무다라 안으로 일제히 뛰어내려 "가난한 꿈이 소복이 쌓인다"는 표현은 가슴이 먹먹해질 정도로 감동을 준다. 「바늘과 실」은 남편에게 주는 선물이 아닌지 모르겠다. 그분의 반응이 어땠는지 궁금하다.

「아귀 엄마」는 분명히 시인과 화자가 동일인이다. "하나면 족하다는 시대에/ 넷이나 낳았다"고 하니까. 셋째를 기숙사 있는 시골학교로 보내고 돌아오는 차 안에서 수건이 젖을 정도로 운 엄마, 아이는 이를 악물고 책을 파 아귀라고 불렀다. 그 아이가 교단에 섰을 때 엄마는 외친다, "그래, 나는 아귀 엄마다"라고.

아귀 엄마는 자동인출기이기도 하다. 네 아이가 뭐 사달라 뭐 해달라고 하면 재깍 대령해야 하는 자동인출기.

부부는 가끔 전쟁도 하지만
애들이 다가오면 꼼짝 못하는 기계입니다
입은 있지만 말은 못하고 지폐만 내밀 뿐이지요

아이들은 눈감고도 인출기를 작동합니다

내 몸 구석구석 코드번호를 정확하게 알고 있지요

아마 내 뱃속에 있을 때

양수를 헤엄치며 비밀번호를

모두 외우고 나온 듯합니다

도망가도 소용없고

비밀번호를 바꿔도 소용없는

나는 자동인출기입니다

―「즐거운 포박」후반부

　이렇게 살아온 어머니의 생을 아이들은 알고 있을
까? 자라서는 알게 되었을 것이다. "막내가 옷을 사
입겠다고 내 배를 툭툭 신호를 주면/ 언니 옷 줄여
새 옷처럼 포장"을 해 입히는 심정을 이제는 알고들
있을 것이다. 자식은 원래 엄마의 등골을 빼먹으며
커가는 것이다.

　한낮, 지상의 둥근 꽃이 꿈틀, 꿈틀

싹 틔우느라 산통이 오래 가는

네 아이를 잉태했던 아랫배가 뻐근해진다

어린아이가 찍어낸 주름투성이 발자국

나를 밟고 간 아이들의 발자국이 내 몸 안에 있다

기억이 희미해질수록

발자국은 더 깊어질 것이다

밤새 안장 하나 없이 각진 모서리를 숙부드럽게 깎아서

펼쳐낸 동트는 새 날의 새 길

눈밭은 없던 길을 열어주는 꽃밭

길은 처음부터

내가 걸어간 길이 길이었다

—「폭설 이후」 후반부

　나를 밟고 간 아이들의 발자국이 내 몸 안에 있다고 한다. 그간의 고생이야 이루 말할 수 없는 것이지만 사랑을 하고 사랑받았으니 이승에서의 나날이야말로 천국의 나날이었다. "펼쳐낸 동트는 새 날의 새 길"을 걸어왔다. 후회하지 않는 나만의 길을. "눈밭은 없던 길을 열어주는 꽃밭/ 길은 처음부터/ 내가 걸어간 길이 길이었다"고 한다. 그 길을 노강 시인은 생의 마지막 날까지 걸어갈 것이다. 이제는 어머니이면서 시인으로서. 아내이면서 시인으로서. 그래서 "골골이 내 터에서 뽑아 올린/ 뜨겁고 아픈/ 운명처럼 달고 사는 내 침독鍼毒/ 톡 쏘는/ 詩!"(「벌침」)라고 하지 않았겠는가. 네 아이를 낳던 그때의 산통을 지금도 겪고 있는 시인 노강의 앞날은 이제부터 험할 것이다. 습작기 때는 기고만장하기도 했겠지만 기성 시인이 되면 더욱 철저한 자기점검이 필요하다.

지난 밤
나에게도 그런 산통이 다녀갔다
막 태어난 시 한 소절 가쁜 숨을 쉬고 있다
―「그런 산통이 있었다」끝부분

10년 넘는 세월을 지켜보았다. 늦깎이로 등단했지만 지금까지 자신의 길을 걸어왔듯이 앞으로도 자신의 길을 걸어가기 바란다. 산통이 없으면 새생명이 태어날 수 없듯이 산통 이후에 새 작품을 낳는 시인의 길을.

21. 4. 7 김 수진 (maria)

표지 · 본문 그림 김수진
1987년 수원 출생 덕성여대 졸업
일러스트 · 텍스타일 디자인

나뭇잎 물고기

1쇄 발행일 | 2021년 07월 12일

지은이 | 노강
펴낸이 | 윤영수
펴낸곳 | 문학나무
편집 기획 | 03085 서울 종로구 동숭4나길 28-1 예일하우스 301호
이메일 | mhnmoo@hanmail.net

출판등록 | 제312-2011-000064호 1991. 1. 5.
영업 마케팅부 | 전화 | 02-302-1250, 팩스 | 02-302-1251
ⓒ노강, 2021

값 10,000원

ISBN 979-11-5629-127-5 03810